KB215270

자화상

손영호 제6시집

시음사
시사랑음악사랑

QR코드

스마트폰으로 QR 코드를 스캔하면
시낭송, 시노래를 감상할 수 있습니다

본문
시낭송
감상하기

 제목 : 긴 사랑

 제목 : 밤하늘에 저 별처럼
시낭송 : 박영애

 제목 : 그 향기의 이름들
시낭송 : 박영애

 제목 : 자화상
시낭송 : 박영애

 제목 : 당신
시낭송 : 박영애

 제목 : 사랑은 가슴에 남아 있는데
시낭송 : 박영애

 제목 : 가을이 오면
시낭송 : 박영애

 제목 : 가을 속에 외로움
시낭송 : 박영애

 제목 : 별들은 내 마음 알까
시낭송 : 박영애

 제목 : 청춘의 노래

 제목 : 석양에 노을 지면

 제목 : 내 사람인 너
시낭송 : 박영애

 제목 : 시월의 밤
시낭송 : 박영애

 본문 시낭송 모음

영상은 YouTube 정책 또는 운영 관리에 따라 삭제될 수도 있습니다.

시인은 자연을 이야기하고 시낭송가는 자연을 품었다
글자는 날개를 달아 언어로 날고 소리는 자연에 눕는다

시인의 말

늘 저 빛 속에서 꿈을 찾고
저 빛 속에서 사랑의 그리움을 찾듯이
생에 아쉬움은 늘 남는 법입니다
봄꽃 기다리고
계절마다 수를 놓으며
인생의 결말을 맺고
사랑이란 언어에 결속되어
하나의 시어를 찾아
마음을 하나하나 풀어 보려 합니다
그 긴 삶의 흔적들을...

시인 손영호

- 목차

- 목차

진달래 피는 그곳에

진달래 피는
산골에는
아직도
그 옛날 수줍어하던
그 진달래가
봄 오기를 기다리고 있을까

봄에 피는
봄꽃은
봄이 그리워서 피겠지

봄에
우는 새들도
봄이 좋아 울겠지

꽃 피고
새 우는 곳에는
늘
봄의 아름다움이 장식되어 있다.

무심한 그 세월

하늘이 있다

그리고
땅이 있다

그 위에 무심한 세월도 있다

꽃 같은 날도
주룩 흐르는 빗물 같은 날도 수없이 많아도

난
이것저것
모두
세월 익히며 살아간다

꽃이 피고 지고
그 열매를 맺는 것처럼.

긴 사랑

그리움이 가슴으로 밀려올 때면
마음이 너무 아픕니다
어느 때의 이야기처럼
긴 날 담아 두었다가
그리운 너에게 사랑으로 띄우기도 한답니다
삶이 자꾸 너에게 쏠릴 때
꽃 피는 날에는 참 보고 싶기도 하죠
그 그리움이 행복이라면
그 행복이 바로 너란 것을
너무도 긴 사랑이라
아픔도 두 배가 되고
그 슬픔도 빗물처럼 주룩주룩 흐르네요
이것이 내 가슴의 사랑이니깐요.

제목 : 긴 사랑
스마트폰으로 QR 코드를 스캔하면
시노래를 감상할 수 있습니다

밤하늘에 저 별처럼

저기 저 먼 하늘에
밤

반짝이는
외로운 별 하나

밤이면
난
저 별을 닮아 간다

어둠 속에서도
그리워하는 사랑의 눈이 되어 밤을 지키고
시간 속에 고독을 삼키며
두려움에 떨고 있는
외로운 별 하나

나는
측은히 바라보다
슬픔을 토해 내는
고독

반짝이는
밤하늘에 저 별처럼
조용히
눈동자에
이슬이 서리고 만다.

제목 : 밤하늘에 저 별처럼
시낭송 : 박영애
스마트폰으로 QR 코드를 스캔하면
시낭송을 감상할 수 있습니다

11

봄이 온다

봄 봄 하면
태양빛이 다르다
마음도 다르다
냇물의 소리도 다르네
거기에다
새들이 우니
꽃들도 피어나고
생기 돌아나는 대지 위엔
파릇한 풀잎들
봄바람을 받아들이며
봄 내음 풍긴다
매화 나뭇가지에 이르게 피어나는 꽃들이
몽실하게 하나씩 터트리는
그 향기는
봄바람에 달아나고
어느새 북으로 달음박질치며 쫓아간다
봄의 소용돌이 속에서
아지랑이
온몸을 휘감아
아롱이와 함께 나도 봄으로 간다.

길 위에 하얀 백조

늘 한 길에
익숙한 얼굴들을 보고
숙연하게
그냥 지나다니고 있다
인연인 듯하면서
스친 외면
가끔 눈길 오가며 던진
파도 같은 그 심장 움켜잡고
매일 하루로 시작이 된다
길 위에
하얀 백조
수없이 발길 맞추며 걸어도
그리움
그 사랑이 아닌
추억의 흔적
그 발자국인 것을.

변함없는 그 이름 하나

꽃밭 길을 걸어갈 땐
난 꽃이 되어요

풀밭 길을 걸을 때도
난 풀이 되려나

물이 되려고
냇가에 앉았더니
저 검푸른 물에 떠 아른거린
변해 가는
나의 그 모습

꽃이 되고
풀이 되고
저 물이 되어도
변함없는 건
그 이름 하나.

봄꽃 사랑

지금
나의 몸은 봄입니다
봄은 내 마음을 지배합니다
봄 속에는
그리움이 가득하고
사랑의 물음표를 남깁니다

꽃처럼
향기롭진 못해도
온몸 피어나는 열꽃의 사랑
그것이 봄을 알립니다

파도같이 울렁이진 않아도
봄에는
늘
그리움이 한껏
기다려지는 것 같아요.

그 향기의 이름들

들녘 피어나는 아지랑이
불어오는
그 향기의 이름들
거기에도
너에 짙은
그 향기의 이름이 있을까

봄이라 부르는
그리운 고향 땅에는
매화꽃의 향기며
진달래꽃 개나리꽃
내 몸에 밴 그 향기들이
수줍게 피어나고 있겠지

이리저리 다 흩어지기 전에
봄이라 부르는
그곳에
나는
가고 싶어라!

제목 : 그 향기의 이름들
시낭송 : 박영애
스마트폰으로 QR 코드를 스캔하면
시낭송을 감상할 수 있습니다

청산에서 살았노라

청산에 꽃 피우고
청산에 불사르네

만고강산 변함없이
그리움만 쌓아 두었더니

그립다 보고파
설움 흘러 이슬 맺히고

품었던 한 세월
저 청산으로 돌아가네!

봄빛 인생

혹여
인생이 재생된다면
꽃처럼
아주
우아하게 피워 볼 텐데

향기도 그려 넣고
봄인 양
너울의 아지랑이 피는 곳에
그리움의 사랑 앉혀도 볼 텐데

화사한 미소 띠며
입맞춤으로
사랑도 속삭여 볼 텐데

난
그런 인생이
참 좋더라.

사랑이 내게 오면

열정의 마디에서
그 향기가 피어나지

다닥다닥 붙어있는 홍매화 가지에는
봄이 따라오고

계절 건너온
꽃의 그리움은
그 혹한에도 붉은 사랑은 오고 있다

쫓기듯
봄이 오고

접어 두었던
붉은빛들은
그리운 듯
내게 걸어 오네!

꽃 속에 아름다운 봄이

냇물에도 봄이요

저 바람에도 봄이요

네 가슴에도 꽃 피는 아름다운 봄이다

꽃밭에 가면 꽃들이
들녘엔 풀들이
각기의 향기들이 메마른 가지 사이로 피어 나르네

인연의 꼬리처럼
임으로 엮이여 푸르게 푸르게 꽃잎 돋우고

넌 나에 봄이요

난 너의 봄이다

꽃과
나비처럼.

인생길

내가 가야 하는 길이 있다면
저 불어오는 바람의 길도 있을 것이다

흐르는 세월
모두
꿈의 그림이라 하지만

청춘을 묻어 놓고
고해하는 마음
흐르는 물길과 같도다

걷고
또 걸어가도
늘 징검다리 걸어가는 인생인 것 같네.

여념의 밤

마음에서 자라고 있는
그리움은
긴 밤의 사념이 되고

그 고독은
나의
여념의 밤으로 몰고 가네

오르고 내리는
풍화의 기류처럼

나의 침실에는
온통
연모의 몸부림입니다.

겨울날

생의 끝을 잃고
조용히 잠든 만물들이여
언 땅에 뿌리박아
또 다른 세계의 꿈을 꾸고 있는구나

피어오를 그 희망은
빛의 그늘이 되어
그때의
그
그리움을 토로하면서
춘풍을
기다리는
저
대지의 꿈들.

자화상

웃음의 화촉에는 꽃들이 피어 있다
내장된 마음속엔 색깔의 빛이
달라지듯이
암흑의 그림자로 그 모습을 그린다

오늘을 뛰어넘어
세상 속에 날개를 펼쳐
마음을 비상할 때면 초원에 앉아
꿈의 희망을 기다린다

꽃의 계절엔 꽃으로
냉랭한 하얀 설원의 자화상이 되어
밝은 미소의 희망이 되리니
오늘도
내일도
쭉 그 이름으로 표해 놓으리다.

제목 : 자화상
시낭송 : 박영애
스마트폰으로 QR 코드를 스캔하면
시낭송을 감상할 수 있습니다

열정

붉은빛이 되려고
열정의 향기를 뿜었던가

꽃잎 피도록
그 세월을 베물고

청춘의 아름다움은
그 꽃향기에 비유할진대

어이
세월에 녹아
풍류처럼 흘러
나를 기울게 하는가

뭇 사내들처럼
그리움을 가득 품은 채

한 다발의
그 향기도
저 세월만큼이나
내 몸속에 도체 되고 마는구나!

살아 있을 때까지만

쪽빛 세월에
출렁일 만큼 넘친 사랑
넌 얼마나 그 마음 부여잡았을까

돌아올 수 없는 삶
그 의미의 꿈들이
아름다운 빛의 어둠이 되어 버렸네

다시는 건져 올릴 수 없는 이 청춘들이
차츰 어둠으로 번져 갈 때
사랑마저 희미해지는
과오의 넋들
지금에 다 무슨 소용이랴

그 세월만큼 아쉬워하고
다시금 생각나지 않게
살아 있을 때까지만 난 널 사랑하리.

멈춰버린 겨울날

온 대지의 혈류가 멈춘 듯하다
바람살도 송곳같이 매섭게 찌르는 듯하고
마음의 피살인 듯 내려앉아 웅크리고 있다

자연의 대지 속에서 울어야 하는 모든 것들
난관의 빛 속에서 멈추어 버렸고
저 창 같은 대지의 거울 앞에서 통곡하는 모습도 언 채
멈추어 버렸다

기다림 속에 슬픔이여
혈류가 녹아 흘러내릴 때면
대지의 울음도 내 마음의 혈류도 녹아떨어지겠지.

그 꽃

일 년의 생이지만
몽우리 속에 갇혔다
피어난 그 꽃

성년의 꽃이 되기 위해
향기를 품어 내기까지 얼마나 고통을 감추었을까

피어서 즐거움을 주다
낙화하는
연모의 사랑
그 꽃.

고독의 파문

꽁꽁 옭아맨 마음
겨울의 서릿발에 올려놓고
짓눌려 뚫린 상처
참 아리다

고요 속에 맺힌 긴 터널
그 빛을 바라듯이
굴곡진 마음에도 한없는 그리움의 빛을 기다린다

난 너 속에 파묻혀
삶의 생활이 온통 고독의 파문이라 해도 비문으로 남겨
놓으리라

아픔 속에
그 마음을.

내 마음에 봄이 올 때면

개울 빛에
녹아떨어지는 봄 소리
내 살갗에 스쳐 지나는 바람
봄물 오른 것을 감춘다

꽃 소식 들릴 때
실눈 뜬 버들강아지처럼
뽀송뽀송한 속 털이 봄의 언저리에서 나풀거리네

세월에 뻗어 매달린 마음들이 춘풍에 삭힐 때
어느덧
봄은 나락의 빛이 되어있다.

한탄

긴긴밤 동짓달에
한설 맺힌 가슴 에워싸
슬픔을 녹여 눈물 감춘다

푸른 동아줄 잡아
청춘에 매달아 놓고

임에 꽃 만발해도 아름다움을 모르니
피고 지고 피고 지고
세월의 텃밭에서 애타게 기다린 임
오는 이 소식 없다

바람이 품속에 기어들어도
허허 망망하건만
삭풍에 걸린 나뭇가지엔 바람만 쉬쉬 샐 뿐이네!

행복 담긴 그릇

광란의 빛에는
열정의 꿈이 발사하는데
받아들인 그곳은 마음이든가

차곡히 쌓인 속마음들이 나를 질타하고

갈 곳 잃은 언어의 약속들이 주위에서 맴도는데

그때의 그 언약들
행복의 그릇에 담아 놓은 그
그리움이란다

지금은 다 자란 씨앗들이
마음을 감싸고

추억의 심연에서 조용히 쉴 뿐이다.

희망

가엽다
손길 주면 마음이 울고

가엽다
눈물 흘리면 가슴이 우네

파도처럼 쓸려 내리면
평온이 찾아올까?

한 나무의 풀잎
제각기 상처받고 찢어지는데

먼 햇살 쬐면
따뜻이 마음 달구어
각기 행복 속에 조용히 꿈을 펼치리다.

환상의 꿈

인생은
떨어지는 낙엽이네

꿈처럼
피었다가
세월처럼 지는구나

생애 피어난 것이

꽃잎처럼
와르르 떨어져
먼 환상의 길이 되었네!

너 때문에

너 때문에
술을 먹었고

너 때문에
술에 취하였다

술이 말한다

그
순진한 너를 보고

미운 널
무척이나
그리워했다고.

시 속에 너를 보며

나뭇가지에 걸린
시를 따기 위해
나는
그 나무를 바라보았다

하나하나 걸린
하나의
그리움이
바람이 와서 나뭇가지를 뒤흔드네

가을에 엮인
그 추억처럼

난
또
널 생각게 하누나

그 한 편의 시를
추상하면서.

역사의 운명

계절의 광기에
마음이 놀라 가슴을 움켜쥐었다

바람마저 미친 듯이 날뛰고
허공에 강타한 낙엽들이 갈 길을 잃었다

갈래갈래 뻗어있는 그 사이로
휙휙 그리며 지나간 언어들이 온 세상에 뿌리내리고 서 있다

고통일까

역사의 운명들이 펼쳐지고
그 속에는 파도처럼 뒤엎어져도
새로이 솟아나는 태양 빛과 같이 밝게 빛날지어다

또 하나의
그 운명처럼.

추억의 그 아픔

보고 싶어
그 시절에 그 사람
아득히 잊힌
한 계절에 추억이
이름의 흔적마저 지우려 하네

꽃처럼
아름답게 피어나더니 그림자 속으로 묻혀버렸구나

흙색의 넋두리에 갇혀
하나의 그림자와 같이 벗어나지 못한 채
수렁에서 허우적거리네

그
긴 세월의 아픔처럼.

그리움은 나의 것

뜬구름같이 흘러가도
인생은 모두가 기다림 속에 흘러가는 그리움이라지요

삶의 아름다움이 겹쳐도
늘 곁에는 과거를 회상하는
그리움이 따르는 것이라오

내가 기뻐하고
네가 기뻐하면
현실은 기쁨이 되지만 과거에는
너와 나
또 하나의
그리움이 남는 법이랍니다

언제나
내 마음의 그리움은
나의 것이요

네 마음의
그 따뜻함은
너의 진실이겠지요.

순정 어린 마음

난 계절마다
향기 풍기는 꽃이 되리라

금방 피었다
지더라도
그 순정의 향기를 듬뿍 뿌린 그런 향기가 참 좋더라

긴 여정의 어려움이 꽃과 나비라면 평생을 같이 가도
즐거울 테니

난
그런
계절 계절마다
난초 빛 같은 아름다운
전설적인
기품을 사랑하리다.

당신

네 마음은 나의 꽃
봄꽃도 가을꽃도 아닌
그 아름다운 환희의 꽃이다

넌 나의 향기다
계절마다 품어내는 그 기품
피고 지는 꽃향기보다
사시사철 배어 나온 그 품성의 향이
참 아름답다

그리고
넌 나의 희망
꿈도 사랑도 소중히 여기는
긴 세월의 동반자 바로 당신

당신이야말로
진정한
꽃 같은 나의 분신이다.

제목 : 당신
시낭송 : 박영애
스마트폰으로 QR 코드를 스캔하면
시낭송을 감상할 수 있습니다

41

가을 보러 간다

산을 넘어
아늑한 길 따라 향기 피어난 그곳으로
국화꽃 만발에
인 향 풍긴 그 가을
낙엽 한 잎 떨어져
청취를 알리면
갈바람이 다가와 널 품어 달아나네
형형한 빛들이
오색으로 비칠 때면
열열한 그 순정 나의 품으로 숨어든다
푸른 하늘에 수채화
붉은 노을이 되고
가을은 피고 지고
끝내
하늘빛엔 앙상한 나뭇가지만 바람에 흔들거리며 걸려
있구나!

그리움은 나의 인연

당신의 그리움은
나의 기다림
찾아도
찾아도 보이질 않더니
가을 낙엽이 되어
홍엽으로 돌아왔네
가시의 푸른 잎들이 돋아나고
어느새 볕에 그을린
가을 잎으로 치장을 하여
인연처럼
내 마음도 물들이는구나
그리운 이여
그리운 이여
다시는 떠나 헤매지 않기를.

가을 속으로

예쁜 단풍잎 하나 주워 들고서 가을을 읽습니다

그 속에는 너와의 이별을 약속하고
가을을 잊으려는 듯
애틋한 사연 마음에 담아 둡니다

가을바람도 이미 걷힌 듯하고
바스락거린 낙엽 소리에
마음을 열어 들어 봐도
세찬 바람 소리뿐

풀풀 날아 떠나려는 이 마음도 너와 똑같이 이 가을을
보내려 합니다

저 깊은 추억 속으로.

그 아픈 상처

빗물같이
속마음이 주르륵 흘러내려도 얼굴은 웃는다

슬프다
나에게 고백해도
난 꽃을 보듯 기쁘게 봐주고

그 계절마다
상처를 안고 가는
뜬구름 같은 인생

깊은 바다에 유영의 날갯짓으로 헤엄을 쳐야 하는
흰 파도와 같이 난 그 아픔을 삼킨다

찬 이슬 속에
시린 마음의 생각들을.

가을의 운치

가을의 고독은
빛과 색깔의 운치이다

바람이 불세라
비가 올세라

달래는 마음으로
붉게 성숙의 열기를 뿜어내고 있구나

저 강물
빛의 노을과
하늘에 물들인 열정, 이 가을을 녹여가네

빗물에 깔린
낙엽의 형체처럼.

꿈의 향기

꽃이 좋아
꽃을 보았습니다

꽃이 좋아
그 향기도 맡아보았습니다

빛의 그 아름다운
사랑의 꽃향기는 어떨까요

연의 줄기에 엮인
묘사한 그 향기의 음미는
바로
그 꿈의 향기랍니다.

그대라는 사람

난 그대를 부른다

찬란한 햇살을 보며 아름다운 눈부심에
그대 속삭이며 부른다

일상의 텃밭을 벗어나
고요의 밤 별 부르듯

그대 부르며
또
부른다.

그리움은 사랑이야

긴 인연 속에
마음

그건
나의 사랑이야

영 잊혀지지 않는
긴 세월은 마음의 아픔이지

애상에 피어나는 외로움
마음을 곰삭히고

회유의 회상 속에 또 밀려 오는 그리움의 파도는
나의
그
그리움이자 깊은 상처이다.

인생은 늘 배웅하는 길

인생의 삶은
늘 배웅하는 길
어디로 가고 어디에서 머물러야 하나
옹골찬 하루 속에서
그 꿈을 펼쳐가며 희망을 품는 나
때론 바람 부는 대로 흘러가고 정도의 길도 있다지만
인생은 그렇게 흘러가더라

생에 허무함과 좌절들
허공에 공허함과 같이 인생 살아 보니 모두가 텅 빈
마음이더라
무엇을 채우고 무엇을 비워야 하는지
삶이 모두가 이런 건가
채우고 비우는 것들
그래서 인생의 마지막은 빈손이라고
결국은 모두다
버리는 것을.

낙엽 떨어지는 날에

가을 햇빛에
청명한 하늘
풍요로움에 한 알씩 익어가는
열애의 순정

난
그 순정 어린
사랑에 취하고 있다

낙엽
우수수
떨어지는 날
그대 꽃 편지 받아 들고
붉은 가을
마음속 깊숙이 담아 두었네

단풍잎 물들듯
그렇게
난
그 속앓이하고 있다

이 아름다운
가을날에.

이별이 없는 곳에서

차디찬 곳에 이별이 슬피 울고 있습니다

밤새
소낙비처럼

슬픔이 넘쳐 강물이 되고
그 아픔 속에는 원망이 서리게 되어 가슴이 메워집니다

끝없는 삶의 인연들이
따뜻한 가슴으로 맺어 슬픔이 웃음이 되고
아픔이 사랑이 되어 꽃이 되겠지요

설화의 꽃처럼

이별이 없는 아름다움
영원의 사랑이 되고파라

꽃과
나비의 인연처럼.

세상의 변천

지나온 그 먼 날
기쁨도
그 슬픔도
모두가 묻혀 있지만
그 과거가 오늘날 현실의 빛난 세월이 되어 가는구나

또 다른 금빛 무늬가 생겨나
우리의 생활에 난도질한다 해도
파도처럼
부글대는 물결이 되리니
어찌 붉은 바람이 되지 않으리오

한 세월을 도마에 올려놓고
펄떡이는 그 운명이
또 하나의 날조 같은 세상을 바라봐야 하는 그 슬픈 날들
아마 이것이 인간 세상의 삶이 아니겠는가

오늘날
또 다른
새로운 운명의 날처럼.

꽃길

누구나
꽃이 되고 싶거든
꽃 같은 향기를 풍기세요

그 아름다움 보다
가녀린 꽃향기가 참 좋겠죠

늘
그리워 보고 싶어
사랑을 흥얼거리는 그런 꽃 같은걸요

생각에 잠기다
잠기다
못 잊어
또다시 찾아옵니다.

가을 이별

어제도
오늘도
가을 잎 단풍은
조금씩 붉게 익어 갑니다

어느 날
가버린 사랑처럼

견디다
견디다
바람결에 후두둑 떨어지는 가을의 낙화

허허한 맘
뒹구는 낙엽 소리는
또
가을의 이별입니다.

가을 서정

가을의
여인이 날 품는다

국화 같은 향기 속으로
날 끌어들이고

오색 단풍잎처럼
내 마음을 익히네

난 가을 속으로
끌려 들어가고 있다

너의 속 마음을 보려고
난
또 가을로 가네

그 깊은 곳에
아름다운
가을 이야기가 숨어 있는
그 숨결

난
그 가을에서 고운 빛이 되려나 봐.

가을이 남긴 고독

가을을 보면 마음이 후끈 달아오릅니다

알록달록한 색깔의 유혹일까

가을 속에 담긴 긴 여정의 울림일까

마음속에 파고든
그 긴 세월
이 가을로 빛을 내리는 것 같습니다

고독의 냉기로 떨구는 그 열정도
바람에 힘없이 떨어지는 한 잎의 단풍잎도
여정 속으로 바람 따라 훨훨 날아 떠나갑니다

가을이 남긴
쓸쓸한 고독의 날들이.

그리움의 시

나에게 주오
그 사랑의 시를

좋은 날에
그대 시가 그리워집니다

아련히 묻어나는
그 그리움

가을 잎 외로움처럼
내 맘도 늘 그러하답니다

당신의
그 시와 같이.

가을이 왔다

가을 문이 열렸다

산에도
들에도 모두

온통 가을이다

밤에는 귀뚜라미
낮에는 알록달록한 단풍

들국화 향기도 풍기고 가을의 냄새가 난다

그 마지막 가을
들국화 꽃
질 때까지.

그 시절의 그 추억

그 옛날 그때
버들잎 곱게 띄워 놓고
사랑 노래 실어
그이에게 보내던 그때가 좋았네

하루에도 몇 번씩
그림을
그리고 또 그려도
보고 싶은 그때가 참 좋았네

그 개울에 앉으면
버들잎 속에 쌓인 그 추억들이 누누이 겹쳐 생각이
나곤 한단다

오늘도
그 추억들은
계속 흐르고 흘러 그이 곁으로 가고 있다네!

사랑은 가슴에 남아 있는데

청춘의 씨앗이 되어
마음으로 파고든 너

시절의 소박함에도
그리움이고
사랑이고
내 가슴에 꽃이 된 너

삶이 고뇌여도
너의 꽃은 아름다운 나의 꿈이다

아직
가슴의 심장은 숨을 쉬고
그 그리움은 나에게 말하는데
그 옛날의 푸른 쪽빛은 간 곳이 없네

그 청춘의 시절
그 꽃이
내 가슴에 자리하고 있고
네 사랑도
내 곁에 남아 있는데

우린 저 지는 노을의 빛을 보며
사랑이 되려나!

제목 : 사랑은 가슴에 남아 있는데
시낭송 : 박영애
스마트폰으로 QR 코드를 스캔하면
시낭송을 감상할 수 있습니다

61

가을이 오면

가을이 오면
내 맘도 가을이 올까

붉게 물든 단풍잎처럼
예쁘게
예쁘게 물들어
그대 눈빛에 맺힐까

가을이 오면
아름다운 그 열정
내게 온
이 가을을
맘껏 사랑할 수 있을까

가을바람에
곱게 물든 이 맘
난 가을 품에 안기련다

가을은
나의
열정과 그 사랑.

제목 : 가을이 오면
시낭송 : 박영애
스마트폰으로 QR 코드를 스캔하면
시낭송을 감상할 수 있습니다

인생을 졸업하다

꿈으로 태어나
꿈으로 삶을 살다
꿈으로 그냥 인생을 졸업한다

평생 인생을 배워도 졸업장을 주지 않는
우리는 인생 박사

소리만 들어도 알고
눈으로 보지 않아도 알고
귀로 듣지 않아도 모두 아는
우리는 인생 박사

세상에 이런 배움이 있다니
스스로 배움을 터득한
우리는 인생 박사.

그 가을 속의 추억

쓸쓸한 가을
한잎 두잎 떨어진 가로수 낙엽 따라
추억 안고 나는 걸어가네

희미한 가로등 불빛도
도심에 네온도
이슬에 젖어
외로운 이 밤 안고 나는 걸어가네

그때
내 곁에 떠난 가을과 같이
긴 추억의 환상
그 빛 따라 나는 가고 있네

낙엽 따라 가버린
그때의 그 추억
지금은
가을바람 따라
그 추억 찾아
나는 걸어가고 있네

그때
그날처럼.

삶이 세월 되어 넘어간다

끌어내지 못한 말
집어삼키며
내심 세월을 후벼판다

바람에 잿더미를 날려 보내듯

속에 올가미처럼 엮인
그 순정의 끈을 놓으리라

열정이 녹아내린 그 삶 속에는
바람과 구름
그리고 비
그 애틋함이 뿌려지고

홀로
세월이 되어
넘고
또 넘어가는구나!

술이 나를 끌고 가네

술이 내가 되고
내가 술이 되어 흔들리는 세상
가눌 수 없이 휘청인다

하늘을 보아도
저 땅을 보아도
내 말은 그림을 그리듯 횡설수설이네

나태해진 마음
주체할 수 없는 그 고성
술이 나를 이끌고 가는구나

저 나락의 벽으로.

바다를 바라보며

검푸른 바다 위에
사랑이란 단어와 용서라는 단어를 써놓고
조용히 눈을 감아 보았다

그 바다에는
수많은 죄와
사랑을 뿌려도
하나가 되어 마음으로 수용하는구나

그 아픔을 부수는
그 파도와 같이

그래서
나도 사랑과 용서
그 하나가 되게
바다 위에
그 흔적을 남기기로 했다

긴 세월 그 속엔
그래도 그 흔적은 남아 있으리
죄와
그 사랑.

그 자리엔

내가 들어설 자리엔
벌써 타인의 자리가 되려 하네

정원처럼 가꾸어
꽃이 피고
향기 뿌리더니
어느새 임의 자리 꾸미려 하네

그래도
바람엔 늘 꽃향기 뿌려
나의 창가에 살며시 전하고 가는데

그 마음이 부르는 것은
오직
그리워하는
그 사랑이라네!

인생

인생은
떨어지는 잎과 같도다

봄빛 인생과 같이
푸르게 푸르게 살다
어느 날
붉게 물든 단풍잎처럼

낙엽이 우수수 떨어지누나

바람이 가는 대로
뒹굴다
그냥 사라지네!

가을 속에 외로움

낙엽 위에 적힌 가을
마음 담아 가을을 그립니다

각기 많은 사연의 그리움들이
방황의 길을 헤맬 때
난 이 가을로 굴러 떠납니다

한스럽게 울어대던
한 계절의 본성도
고요히 잠들고
또 다른 유혹의 계절이
가을로 덮어 갑니다

모든 걸 털어 버리고 떠나려는
이 가을은
낙엽 한 잎만 남기고
쓸쓸하게
나를 훌훌 말아 달아나려 합니다

외로운
가을 낙엽처럼.

제목 : 가을 속에 외로움
시낭송 : 박영애
스마트폰으로 QR 코드를 스캔하면
시낭송을 감상할 수 있습니다

들꽃

온실에 피는 꽃보다
들에서 피는
들꽃이 더 향기롭습니다

바람 불면 바람맞고
비가 오면 비를 맞는
그런 고난의 어려움 속에서 자라나는 들꽃

난 그런 들꽃 향기가
참 좋아요.

별들은 내 마음 알까

별들에게 말을 한다
너에게 빼앗긴
내 마음을 돌려 달라고

밤마다 영혼처럼
속삭인
어둠 속의 그리움

혼자서
울부짖는
야성의 늑대와 같이
밤하늘에 울려 퍼지는
희미한 부름의 노래가
내 고백의 울림이다

저 높은 밤하늘
반짝이는 빛의 사이로
침묵은 스며들고
고요 속의 나는
늘 외로워
저 밤하늘의 별 같다.

제목 : 별들은 내 마음 알까
시낭송 : 박영애
스마트폰으로 QR 코드를 스캔하면
시낭송을 감상할 수 있습니다

가을

청명한 푸른 하늘에
파도처럼
하늘거리는
가을의 꽃 코스모스가 한 알씩 피어나네

그 꽃밭에 숨어서 울고 있는 귀뚜라미도 이 가을이고
꽃길 걸으며 사랑을 노래하는 것도 이 가을이다

가을 따라
어디론가 가고도 싶고
가을이 부르는
그곳에 아름다운 추억도 만들고 싶다

짙게
물들면
더욱더 아름다워지겠지
그 붉은 단풍잎처럼.

그때의 추억

추적추적 비가 내립니다
그때 그날과 같이

비를 맞으며
거닐던 추억의 거리

오늘도 생각이 나서
그때의 그 빗소리를 듣고 있답니다

그날
그때의 추억처럼
마음속에 흐르는 그 빗물

가슴 적시는
고요의 침묵 속에서 그때를 고요히 생각해 봅니다

수많은 세월이 흘러도
그 추억의 흔적만 고요히 남아있을 뿐입니다.

허수아비

가을이 오면
나는 이 들녘에
이 가을을 지키는 허수아비가 됩니다

허술하게 옷 차려입고
밀짚모자 눌러쓰고
비가 오면 비에 흠뻑 젖지요

가을이 오면
난 황금 들판에
오곡 익어 가는 냄새에
참새 떼들 지키는
나는 허수아비가 되지요

이 가을이 다 가면
허수아비는 외로움에
두 팔 벌리고 저 들녘에 혼자 우두커니 서 있지요

겨울이 오면
허수아비는
밀짚모자에
흰 눈도 가득 쌓인답니다.

청춘의 노래

세월 따라가는 청춘아
어이하여 나 좀 비껴가지
뭣이 좋다고 자꾸 따라가느냐

네가 가면
내 마음 늙어 가고
내 마음 늙어 가면
이 아까운 청춘이 낙엽처럼 죽어 가네

봄이 오면
붉게 꽃 피던 것이
그것이 아름다운 내 청춘이요

가을이 오니
그것이
잎 떨어진
내 낙엽이라

한평생 살아온 것이
바람 따라 뒹굴다가
낙엽 따라 날아가네

서러워 한탄하니
그래도
내 마음은 참 흥겨워라!

제목 : 청춘의 노래
스마트폰으로 QR 코드를 스캔하면
시노래를 감상할 수 있습니다

가을 잎 속의 추억

이 한 잎에도 소중한 추억이
홍엽의 빛으로 물든다

사랑의 열정으로
나를 붉게 태우고
가을로 불어오는
갈 바람 속으로 날 날리누나

푸른
나의 청춘이
오색의 열정으로 바꾸고
가을로
가을로 짙게 녹아드네!

오늘도 인생은 흐른다

인생은 떠나야 하나

내 생의 모습을 잊은 채

구름이 빗물처럼
그렇게
떠나야 하나

마음도 젊음도
저 가는 길로 구르며 흘러가네

모래알 날듯이
그렇게 흘러가네

바람에도 실리고
강물에도 띄우면서
낙엽처럼 풀풀 뒹굴며 흘러가네

다시 돌릴 수 없는
인생길인 것을.

마음속에 너

마음의 그림은
바로 너

웃으면 웃는 대로
슬프면 슬픈 대로
아주 예쁘게 그릴 거예요

꽃처럼
그렇게

늘 마음으로만
그리운 널 그리겠습니다

그것이
네가
내게 준
그 마음이니까?

한 번쯤은

모든 것이
한 번쯤
꽃같이 피고 싶었다

그 아름다운 그 향기를 보면 안다
피고 싶어 하는 것을

나도
봄부터 가을 겨울까지
온통
하얀 미소로
꽃처럼
그렇게
피었으면 참 좋겠다

청명한 하늘
가을 꽃향기같이.

마음의 초원같이

푸른 초원에는 온갖 잡풀들이 가득 채워져 있다

바람엔 파도처럼 밀렸다가 밀려오고 풀끼리 뒤엉키어
도란거리는 소리가 들린다

인간의 구성처럼

넓디넓은 곳에 촘촘히 솟아올라
푸르게 푸르게 깔렸구나

밤낮을 오가며
이슬 머금고 햇빛 쬐어 가며 또 하나의 씨앗을 맺어
가고 있다

너와 나 마음의
초원같이.

가을 낙엽에는

가을이 오면

또
한 잎의 낙엽을 주워 들고서

가는
세월을 읽어 본다

푸른
청춘이 아쉽다는 듯

가을의 낙엽 속에는 외로움의 고독이 흐를 뿐이다

가을바람의
향기처럼.

겨울 새

울지 않던 겨울 새는
따뜻한
봄이 와서야
울음을 우는구나
가슴을 파고들 만큼
가여움이어라

온갖 고통을 참으며
지내온
그 세월
마음으로 보듬고
움츠리며
눈밭 속에서 날갯짓 한번 제대로 하지 못한 채
슬퍼하던
그 겨울 새

기다리던
그 봄의 계절에
꽃의 그리움인지
무슨 이유의 울음을 울고 있구나

내가 느끼는
봄의
그리움이었을까

그 기다림이
무엇이었길래.

빗물과 함께

저 빗물이
내 마음같이
슬픔을 알아주는 것 같아서 참 좋다

그래서
비 오는 날이면
난 늘
비의 친구가 되어 있었지

서로가 마음을 나누고
상처를 달래주는
그런 사이가 되어 버렸네

따뜻한 그런 사이
참 좋다.

그 꽃의 향기

꽃이
필 때는 미처
아름다움을 알지 못했다

꽃이 질 때서야
그 아름다움의 이유를 알았다

그 꽃의 향기를
왜
사방으로 퍼트려야 했는지.

사랑 꽃

내가
당신의 사랑이라면
당신은
나의 꽃이겠죠

피고 지는 꽃이 아니라

영원히
내 곁에서
나만 두고 볼 수 있는
그 향기로운 꽃

늘 눈빛 속에 잠겨 있는
그 꽃은

너와 나
사랑의 결실로 맺은
참 아름다운 인연의 꽃이랍니다.

텅 빈 마음

청솔에 잎도
낙엽 되어 떨어지고
때가 되면 다시 또 푸르건만

사시사철 푸르다 한들
어찌 청춘의 마음 같으리

돌아보면
모두가 한낱 꿈인 것을

꽃도 필 때는 참 아름답게 피지만
지고 나면
모두가 허무 무상하도다.

역사 속에 뿌린 영혼들

긴 역사의 창이여
깃발의 상징 속에 한을 심었다

펄럭이는 기상이 넋의 영혼이로구나

칼날이 날카롭다 하나
애끓는 비수의 화살촉 같으랴

긴긴날 갈고 또 갈아
아름다운 빛의 창이 되었네

켜켜이 쌓아 다진 마음들
강산에 뿌린 아름다운 꽃들이로다.

너만 있으면 돼

웃는다
너만 보고 있으면

행복해진다
즐거운 너의 모습 때문에

어제도
오늘도
내일도 그럴 것이다
너만 보고 있으면

매일 보아도 싫지 않다
그
사랑 때문에,

가을이다

초원에 뒹굴다
푸른 하늘을 바라보니
마음은 온통 하늘같이 비어 있네

나래를 펼쳐 노 젓듯이
하늘의 돛배가 되고 싶구나

꿈꾸는 듯
마음 띄워 놓고
작은 새가 되어 푸르게 푸르게 날고도 싶어라

떨어진
가을 낙엽의 연서를 받아 들고
사랑을 가득 담아
가을 노래도 부르노라.

세월 따라 살다 가련다

인생도
세월도
그냥
흘러가는 것

구름 같이
바람 같이
그렇게
흘러가는 것

저 강물도 가다가 굽이치면
소리가 나는 법

삶이
또한 힘들면
서러움이 북받치는 데

난
이렇게 저렇게
그냥 세월 따라 살련다.

그 삶은 떠나고

나 하나의 삶은 잃었다
끝도 없이
바람에 잘려 날아가 버렸나

마음에서 그리움을 훑어 내어
그 깊은 세월
백지 위의 낙서로 찢어
파도 속에 뿌리고 말았다

다시는 돌아 올 수 없는 먼 수평선 너머로 보내고

평원의 길에 올라서니
허허한 벌판에 외로움만 기다리고 있구나!

연꽃의 계절

연꽃
뜨겁고 강렬한 햇빛
잔잔한 호수에서도
괴이하고
아름다운 꽃이 만발이로다

효심의 꽃

그 누구도
아름다움을 탐하지 못하게
진흙 속에서만
생존 하니

천하
제일의 꽃이로다.

임이시여

못 잊을
임이시여

꽃 피고
새 울 때면
더욱 그리운 임이시여

멈출 줄 모르는 마음의 임이시여

오솔길에 향기 뿌려 놓고서
굽이굽이
돌아올까나
기다리는 마음이요

바람 따라올까 싶어
창문 열어 기다리는 마음
어찌
한스럽지 않으오리까

사랑의
임이시여.

하나의 계절은 가고

늘 마음속에
그리움의 계절이 있다면
그 또한 하나의 그늘이겠죠
피고 지는 계절에서
떨어지는 낙엽의 계절까지
파고드는 설렘의 이슬 같은 것
바람에 흔들리고
빗물에 젖고
추하게 썩혀야 하는 세월만큼
계절 또한 그렇게 여운으로 지나간다
바라는 아름다운 계절이 와도 마음속에서 벗어 나지
못함은 그리움이 떠나지 못함이라
아쉬움의 고독이 서러움을 감출 뿐이다
내 하나의 그 계절이.

달빛의 정

달밤에
달빛이 내려왔다
살포시
내려앉은 빛은
내 마음속에 자리하네

뭔가 속삭인 듯한데
너무 외로웠다고
긴 밤이 고독 서럽다고
내 품속이 참 그리웠다고 그렇게 속삭이네

꿈꾼 듯
이 밤의 행복이
붙잡고 놓지 않겠노라
하던 그 서러움

연모하지만
석별의 끈을 놓아야 하는
그 달빛의 정
참 쓸쓸하고 애처롭다.

밤바다

홀로 밤바다를 걷고 있다
철썩이는 파도 소리만 들릴 뿐
참 고요하다
옛적 모래사장에 앉아
옛적 노래하던 그때가 생각이 나네
오늘도 그때와 다름없이
그 노래를 불러본다
고요 속에 묻힌
그 추억
파도의 음률로
너와
그때의 그 노래
그 아름다운
그 시절을
오늘
또 생각게 하네!

노을은 지는데

피어오르는 노을
붉기도 하네

따라
가다 보니
석양 노을까지 따라왔구나

서산이 붉어 아름답기도 한데

땅 그림자 밟고
석양에 걸터앉아
저녁노을 바라보니

어느새
이 몸도 석양에 노을 닮아 있구나

떠도는 구름처럼
돌고 돌아도

세월은 잊지 않고
제 갈 길로 뚜벅뚜벅 종착을 찾아가네!

외로운 밤이면

별빛 달빛 스며든
외로운 밤이면
그리움에 지쳐 흐느끼는 꽃잎

찬 이슬에 스밀까
고개 숙인 채

기댈 곳 없는 어둠 속
그냥
바람에 훌쩍거린다

서러움의 잔상들이 긴 밤 이어질 때면
또 다른 회유 속에 슬픔의 눈물 머금는다.

떠오르는 여운의 길

한 날씩
새롭게 떠오르는
그리운 모습들

깊은 사연 쌓인
추억의 정이
애련한 감정으로
내 몸을 둘러싸고 있다

바람처럼 왔다
바람처럼 지나간다지만
비운의 여운들이 남아 있기에

오늘도
하루라는 운명 속에
여운의 길을 나는 걷고 있네.

널 본 그 순간

널 보는 순간
내가 가질 수 없는
너에 아름다움이란 걸 알았다

가질 수 없어도
널 보고 싶은 건 매한가지

어쩌다 넌
내 눈에 그렇게 아름답게 보였을까

가질 수 없다는 그 이유로 가까이 다가갈 수 없어
난 생각의 수심만 하나 늘어났고

매일매일
난 너를
꽃으로 품고 있다

차라리 눈 딱 감고 보지 말 걸

그 꽃 한 송이는
내 마음 깊은 곳에 사랑으로 키워야 하는가.

작은 새와 나의 꿈

작은 새
저 넓은 공간의 자유
뜰 앞 한 쌍의 보금자리는
나의 꿈이 되었다

마음의 자유
날개 대신 양팔을 벌려
날고 싶은 희망
작은 새
너를 닮아 보고 싶다

쌍쌍이 행복을 품은 넌
날 다시
꿈과 희망을 얻게 하고
그 날갯짓으로
내 마음의 불을 지피고 있다

현실 앞에 서서 바라보는 마음
너라는 행복
이 속마음의 자유라는 너의 둥지 속에서 깨달았다.

빗물처럼

저 빗물이
천상에 옥구슬
굴러떨어진 비애

슬픔
아픔
마음 적셔 지나고 있다

청춘의 울림
파도의 수심처럼
모든 걸 접고 지나가려 하네

빗물 바라보며
내 마음도
그러하다.

보고파라

못 잊어 그리워
너 보고파

아쉬움 젖어 드는 연모의 마음
파도처럼 밀려오는
고독의 숙연들이

못 잊어 그리워
가슴이 아파

찬바람 드리우니 마음이 시리다

보고파
못 잊어
목메이게 그리워라.

만약에

저 수평선 끝에서
파도로 밀려오는 당신의 고해라면 난 따뜻한 가슴으로
품으리라

장병의 슬픔이어도 괜찮아
그 어떤 모습이든 좋으리

만약에
곁에 머물지 않아도
사랑이란 그 눈빛 하나면 돼

어떤 날이든
따뜻한 봄꽃 향기로만
내게 남아주오.

내 고향 땅에서 살고파라

살고파라
그
곳에서

꽃 피는
내 고향
아지랑이 너울거리는
그 고향 땅이 그립네

앞산 위에
아련히 비치는
연분홍 진달래
그 꽃도 그리옵고

냇가에
시냇물 조잘거리는
그 소리도 참 그립구나!

바람 따라 풍류 따라

바람이 가네
나도 바람 끝에 끌려가네

낮이면 빛을 뚫고
밤이면 어둠을 뚫고
기나긴 세월 따라 나는 가네

계절의 풍류 즐기며
심산궁곡으로 조용히 걸어가고 있네

세속을 비켜
마냥 바람 따라 떠나리라.

석양에 노을 지면

가는 길이 어디메냐
발길 닿는 그곳에
구름길 바람길 헤매다
멈춰 선 그곳

꽃 피면 꽃 따라
가을이면 낙엽 따라
계절마다 묶어 두고
노을 피는 그곳으로 나는 간다

석양이 물들고 그림자 내려앉아
어둠에 묻히면
서로 꿈이 닿는 곳에
사랑과 행복으로 누우리라
그 파랑이 일다
조용히 잠든 것처럼.

제목 : 석양에 노을 지면
스마트폰으로 QR 코드를 스캔하면
시노래를 감상할 수 있습니다

뜰의 향기

바람에 흔들려도
임 오길 기다린다

그리워서 품어내는
뜰의 향기

대기에 피어오르는
푸른 아지랑이와 같이

찬란한
그 꿈의 빛
꽃의 품속에서

연모하는
그 마음만 애태우고 있네!

스무 살의 향기

스무 살의 꽃
향기도 짙을 텐데
외로움
홀로인 듯
그리움을 부르고 있네

싹틀 땐 모르겠더니
꽃이 피니
참 아름다운 모습

물빛 오른
그 향기는
어디로 바람 따라 날아가려 할까?

유영의 자유

캄캄한 밤의 그늘
그림자처럼 옭매여
싸늘하게 마음 졸여 쥐고 있다

적막의 소리를 깨며 지나는 음률들이 저 달의
조각같이 떠 있네

어딘지도 모르는
저 먼 곳에
야성의 소리만 들릴 뿐

마음속으로 기어들어 오는
어두운 밤의 유영
밀려오는 파도의 자유
이 모두가 내 일상의 탈환이다.

사랑의 집요

사랑은 사치더라
눈물처럼 아픔이 오고
그리운 만큼 슬픔이 오더라

기쁨이요
즐거움이요
오는 만큼 쌓이고
보는 만큼 그리움이다

결백과 순수
그 자체만으로도 마음의 도둑이 되어 뛰어넘을 수 없는
과오의 현실

마음은 그런 이상의 집요 속에서 지배를 받고 있는지
모르겠다

보고 즐기는
그 그리움 속에서.

인생은 이정표가 없다

인생은
자꾸 가야 하고
세월은
내 모습 변하게 하는구려

이정표도 없이 가는 나의 길은
돌며
또 돌아가네

이리도 한세상
저리도 한세상

꽃길로 걸어가던 그 길이
지금
저 황혼의 빛 아래
낙엽 밟으며 걸어가고 있는구려.

연명

불을 밝혀라
희미하게 꺼져가는 마음에 불

밝은 불이 아니어도 좋다

그저 생명의 촉이 이어질 때까지만이라도

길을 걸을 때도
혼자 마음의 슬픔을 참을 때도
술 한 잔에 비틀거리며 어두운 밤길에 혼자 지날 때도
세상 기대며 한탄할 때도
나에게는 모두 친구 같은 동무들 같아

너무 오래 걸어온 탓일까

등불은 꺼져가고
바람이 불까 두렵고

오늘일까
내일일까 하는 소리에
연명의 시간은 흐르고
꿈을 꾸는 듯 조용히 바람과 함께 가리다.

나목에도 숨은 쉰다

잎 떨어진 나목에도 숨은 쉬고 있다
생체를 떨군 채
험난한 바람길 열어놓고
시련에 고난을 겪어 내고 있다

쓸쓸한 기류에
휠휠 날아다니는 생각들이 살갗에 닿으면 애수에 고심들
마음에 젖어 든다

또다시 기다림이 오고
세월 베물면
떨어지는 이별이 되고
그 쓸쓸함이 중력을 이기지 못해 가지런히 허공에 뿌린다

가을의 잎처럼.

삶이란

삶이 무엇인가
부와 권력
사랑과 행복 이런 것들인가

나의 삶이란
끝없이 아름답게 펼쳐진
저 빛과 같은 것

빈 마음으로
이 세상에 모든 것들을 바라봐 주는 것

내 마음 채우기 전
남의 마음을 알아봐 주는 것

그
먼 길을 뒤돌아보며 살아가는 것이
나의 삶이다.

그리움은 나의 여로

그리움은 언제나
곁에서 서성거립니다

생각 속에 잠재우고
마음을 삼키며
함께하는 동반자

상념의 길
애틋한 여정의 길인 것 같습니다

잊을 수도 없고
긴 날 속의 여로입니다.

비운

꽃잎이 바람에 흔들렸다
젖어 우는 외로움
비설에 언 마음처럼
꽁꽁 묶인 여인상
그렇듯
비운은 지났다

바람을 안고
구름을 안고
그 슬픔을 안은 채
마음의 영역을 떠나 아름다운 그 빛은 잃었네

까만 흑점에 씨앗을 묻고
새싹이 돋아나도록 기다리는 모태의 그 마음들.

내 사람인 너

밝은 날은 웃음으로
비 오는 날은 커피 한잔으로
내 마음을 안 넌
꼭 그렇게 달래곤 하였다

크지도 작지도 않은 보금자리에서
행복의 한 단어를 찾기 위한 넌
늘 파도처럼
출렁이는
내 마음을 상기해야 했고
그 자리에 놓아둘 줄 안 넌
나의 동아줄 같은 여인

웃으면 따라 웃고
슬프면 같이 슬퍼한 넌
널 보면 내가 미소 짓는다

그런 것이
우리의 행복
딱 한 사람 바로 너.

제목 : 내 사람인 너
시낭송 : 박영애
스마트폰으로 QR 코드를 스캔하면
시낭송을 감상할 수 있습니다

119

황매산 철쭉꽃

황매산의 꽃은 아름답다

철쭉꽃 피어
온산
불타듯 붉게 피어오르는
그 봄

꽃잎 보니
청춘이요
지는 잎 보니
인생이라

황매산은
매해
그렇게
봄바람과 같이
꽃이 피고 지고 하겠지.

순결

마음엔 꽃이 가득 피었는가
그리고
꽃물이 들었는가

저 빛처럼 아름답게 품어서
마음에 결박을 풀고 세상으로 뛰쳐나오려는 순결들

왠지
바람에 옷자락이 풀린다

청춘의 꿈이
하나하나 뻗지 못하고
결속되어
그저
누구 한 사람에게 잠식되고 만다.

인연과 필연

넌 나의 인연이고
난 너와의 필연이다

꽃과 나비처럼

행복을 아는 사람은 우리라는 것을 멀리하지 않는다

그리고
사랑도 꿰맬 줄도 안다

삶에는
우리들의
아주 소중한 인연과 필연들.

오월

오월엔
신록이 깔리고
대지의 향기 속엔
물든 꽃잎이 시들어 간다

봄바람이 빛을 뚫고 지나갈 때
휑하니 스치는 연들
망연자실 속에 모든 걸 멈춰버리네

계절의 굴곡이 꺾이고
떠난 이별 부합할 수 없듯이
또 다른 인내 속에서 한 묶음 지나간다

마음의
변화 속으로.

계절의 이별

난 사랑도
그리움도 아닌
하나의 작은 이별

삶의 전부를 안고
떠나버린 아름다운 선물들이
나에게는 소소한 이별이다

그러나
그 긴 세월을 두고
바람처럼 지나간 운치들은
나에겐 또 하나
큰 희망의 바램이었다.

한 쌍의 커플

당신은 꽃이다
그
꽃은 나를 보고
나는 꽃을 보고
서로 보기만 하여도 좋다

너는
내가 좋아하는 향기가 되어 주고
나는
네가 좋아하는 해맑은 미소의 웃음이 되어 주리다

둘은
아주 행복한 한 쌍의 커플
꽃과 나비가 되어 주렴.

우리가

우리라는 사람
그 말이 참 좋다

삶이
아름다움으로 채워 가고

서로의 장식용이 아닌
사랑으로

그리울 때 보고

헤어지면
또다시 보고

우린
그런 사이가 되었으면 참 좋겠다

그
행복처럼.

시월의 밤

시월의 밤
시 한 편에 마음 달랩니다

가을에 젖어 있는
외로운 밤
낙엽 위에 추억을 남깁니다

홀로 앉아
생각 나는 추상들
밤하늘에 뿌려 봅니다

쓸쓸한
시월의 밤에

커피 향기에
이 시월은 떠납니다

시월이여
안녕.

제목 : 시월의 밤
시낭송 : 박영애
스마트폰으로 QR 코드를 스캔하면
시낭송을 감상할 수 있습니다

자화상

손영호 제6시집

2025년 4월 28일 초판 1쇄
2025년 4월 30일 발행
지 은 이 : 손영호
펴 낸 이 : 김락호
디자인 편집 : 이은희
기 획 : 시사랑음악사랑
연 락 처 : 1899-1341
홈페이지 주소 : www.poemmusic.net
E-Mail : poemarts@hanmail.net

정가 : 10,000원
ISBN : 979-11-6284-590-5